Rudolf Weil

Der Restaurator

Antigonos

Rudolf Weil

Der Restaurator

Unveränderter Nachdruck der Originalausgabe von 1881.

1. Auflage 2024 | ISBN: 978-3-38655-579-1

Antigonos Verlag ist ein Imprint der Outlook Verlagsgesellschaft mbH.

Verlag: Outlook Verlag GmbH, Zeilweg 44, 60439 Frankfurt, Deutschland, info@outlook-verlag.de
Vertretungsberechtigt: E. Roepke, Zeilweg 44, 60439 Frankfurt, Deutschland
Druck: Libri Plureos GmbH, Friedensallee 273, 22763 Hamburg, Deutschland

Der
Restaurator.

Elastischer Kraft- und Muskelstärker

für

Zimmergymnastiker.

Ein

Kräftiger der Muskeln, ein Stärker der Lungen, ein Verbesserer der Blutcirculation.

Nebst

einer Einleitung
über Heilgymnastik und gesunde Lebensweise.

Von

Dr. Rud. Weil,

pract. Arzt in Berlin.

Mit Abbildungen im Texte.

Berlin.

Theobald Grieben.

1881.

Die Heilgymnastik unterscheidet sich vom gewöhnlichen Turnen dadurch, dass bei Ausübung derselben nach einem gewissen System verfahren wird, um die einzelnen Körpertheile, besonders aber die Muskeln, zu stärken und zu kräftigen. Während bei dem gewöhnlichen Turnen Kraftanstrengungen aller Art gemacht werden, welche zuweilen die Aufbietung aller nur möglichen Spannungskraft erfordern, wird bei der Heilgymnastik dem Körper nur so viel zugemuthet, wie er Kraft anwenden kann, um seine Muskeln zu stärken, ohne das Nervensystem zu überreizen oder über die Maafsen anzuspannen. — Wenn das Turnen sein volles Recht für die gesunden und kräftigen Menschen geltend macht, so ist die Heilgymnastik geeignet, nicht nur den Gesunden gesund zu erhalten, sondern auch dem Leidenden Hülfe und Gesundheit zu bringen. — Dafs bei den alten Helenen die Gymnastik eine grofse Rolle spielte, ist allbekannt, ihre herrlichen Statuen zeigen uns eine Schönheit und Ausbildung des menschlichen Körpers, wie sie kein anderes Zeitalter bietet, — und nicht zum geringsten Theil mag die Gymnastik diese plastischen Gestalten geschaffen haben. —

Die Heilgymnastik ist ein Zweig der Orthopädik, und man versteht im Allgemeinen darunter eine zu Heilzwecken

1*

an Kranken vorgenommene methodische Körperbewegung und Leibesübung. — Aber auch für Gesunde sind diese Uebungen von unberechenbarem Werthe, erhalten die Gesundheit, schützen vor Krankheit und verlängern das Leben. —

Während man in andern Ländern bereits den grofsen Nutzen derselben eingesehen hat, grofsartige Institute für diese Zwecke eingerichtet, alle Verfahrungsweisen, die dieses Gebiet betreffen, mit Dank entgegengenommen hat, ist die Sache bei uns nicht genugsam bekannt und wird auch leider von vielen Aerzten in nicht genügendem Maafse gewürdigt.

Dennoch nimmt die Heilgymnastik unter den Hülfsmitteln des sogenannten Naturheilverfahrens, welches ohne Arzneien die Krankheiten des menschlichen Körpers behandelt, eine der ersten Stellen ein, die dieselbe allen Organen des Körpers ihre Functionen erleichtert und den von der Natur und Physiologie vorgezeichneten Weg ebnet und verfolgt.

In unserm Zeitalter sind wenig Menschen aus den gebildeten Kreisen in der Lage, ihrem Körper täglich die nothwendige Bewegung angedeihen zu lassen. Auch die arbeitende Klasse ist auf einseitige Bewegung angewiesen, während *der Körper eine allseitige Bewegung aller Glieder und Organe verlangt.* Weder das Spazierenlaufen, noch das Reiten, Rudern, Schwimmen etc., obwohl sehr gesunde Beschäftigungen für die Mufsestunden, sind im Stande, so ausgiebig die Körpertheile sammt und sonders durchzuarbeiten, wie die Heilgymnastik und ihre verwandten Methoden. —

Jeder Gebildete wird den Nutzen der Heilgymnastik von vornherein einsehen, wenn er Folgendes bedenkt und sich klar zu machen sucht:

Durch unsere meist sitzende Lebensweise und geistige Arbeit, durch unser nahrhaftes Essen wird unser Blut dickflüssig und träge. Nur langsam und mit Stockungen in gewissen Adergebieten des Körpers macht die Blutmasse ihren vorgeschriebenen Weg. Jemand, der Tag ein, Tag aus in bestimmter Körperhaltung sitzt und den Kopf vorn über beugt, wird Stockungen im Unterleib, Blutandrang nach dem Gehirn, im Winter häufig kalte Füsse haben. —

Er klagt demgemäss über schlechte Verdauung, Druck im Kopf und Kopfschmerzen, Appetitlosigkeit, unruhigen Schlaf und allgemeines Mifsbehagen mit mifsgestimmter Laune. Geht derselbe Mensch vier Wochen in's Freie, marschirt, turnt, schwimmt, athmet die frische Wald- oder See- oder Gebirgsluft, so stellt sich Appetit, Schlaf und froher Sinn ein, alle Leiden schwinden und der Mensch kehrt gesund heim, um seinen Körper in der Regel wieder den alten Schädlichkeiten auszusetzen. —

Würde er nun durch richtige Lebensweise und fortgesetzte Heilgymnastik seinem Körper die Bedingungen zu einem gesunden und naturgemäfsen Gedeihen dauernd bieten, so würde als Belohnung für diese Pflege eine ungetrübte Gesundheit das Resultat sein. —

Die gebildeten Stände arbeiten vorzugsweise mit ihrem Nervensystem, besonders das Gehirn und seine Fortsetzung, das Rückenmark, sind fortwährend in Thätigkeit. Diese Organe erlauben aber ungestraft nur dann die unausgesetzte Arbeit, wenn der Körper sonst gesund ist und alle Functionen normal sind.

Sana mens in corpore sane, d. h. eine gesunde Seele kann nur in einem gesunden Körper existiren, oder „nur ein gesunder Körper beherbergt ein gesundes Gehirn," daher sehen wir mit Schrecken die alljährliche Zunahme der Irren und Geisteskrankheiten, dass die Irrenhäuser nicht mehr hinreichen, alle Kranken aufzunehmen, — daher die vielen frühzeitigen Todesfälle, die vielen chronischen (langwierigen) Krankheiten, weil uns heute die richtige Lebensweise fehlt, weil wir jahrelang durch verkehrte Lebensweise den Grund zu Krankheiten und anatomischen Veränderungen unseres Organismus legen. Die Maschinerie unseres Körpers arbeitet nach ewigen Naturgesetzen, und jede Störung überwindet sie wohl eine Zeit lang, erlahmt aber schliesslich doch, und Krankheiten kommen zum Ausbruch.

Wird ein solcher Patient dann noch obendrein mit unsinnigen Arzneien bestürmt, so ist sein Todtenschein schon geschrieben.

Deshalb sind wir den Gesundheitsaposteln, welche die Menschen auf die richtige Lebensweise führen wollen, welche bestrebt sind, die Krankheiten zu *verhüten*, zu so grossem Dank verpflichtet, und jeder Mensch, der frühzeitig zur Erkenntnifs kommt, hat den „Stein der Weisen" gefunden, wie man ein gesundes Dasein führt und sich ein langes, glückliches Leben bereitet.

Aber es ist nicht ohne Kampf erworben das irdische Glück. Entsagung und Brechen mit alten eingewurzelten Vorurtheilen ist in erster Reihe geboten, will man das höchste Gut erringen.

Das Gebiet der Heilgymnastik umfafst nach heutigem Standpunkt eine Anzahl Methoden, welche schlieslich alle dasselbe Ziel anstreben und deren Combination und richtige Handhabung unter der Leitung eines verständigen Arztes vorzügliche Resultate versprechen und erlangen lassen.

Wir unterscheiden die sogenannte schwedische und deutsche Heilgymnastik, ferner die Massage, das so

genannte Knet- und Streichverfahren und die Anwendung
von besonders construirten Apparaten, welche mit den
Händen von den Heilgymnastik treibenden selbst gebraucht werden; zu diesen gehören die Hanteln, der
Muskelklopfer von Klemm und der „Restaurator".

Der Schwede Ling, geb. 1776, war derjenige,
welcher in der neueren Zeit die sogenannte schwedische
Heilgymnastik zu einem System ausbaute, welches die
gesammten Organe des menschlichen Körpers entwickeln,
stärken und kräftigen sollte.

Er liefs methodische Bewegungen der einzelnen
Muskelparthien vornehmen durch den Kranken selbst,
liefs sie durch den Heilgymnastiker nach gewissen Regeln
bewegen, kneten, klopfen etc., und als letzte und wichtigste
Function musste der Kranke gewisse Bewegungen ausführen, während der Lehrer diesen Bewegungen einen
angemessenen Wiederstand entgegensetzte. Z. B. der
Kranke soll den Vorderarm strecken, indem er gleichmäfsig, nicht zu schnell und nicht zu langsam, seine dazu
gehörigen Muskelkräfte anspannt, während der Lehrer
durch gradweises Gegendrücken mittelst seiner Hand und
seines Armes dieser vom Kranken beabsichtigten Bewegung einen gewissen überwindbaren Widerstand leistet.
Diese Uebungen nennt er „duplicirte". Das ganze System
hat Dr. A. Neumann in einer ausführlichen Schrift
niedergelegt in seinem Buche, die „Heilgymnastik oder
die Kunst der Leibesübungen, angewandt zur Heilung
von Krankheiten nach dem System des Schweden Ling und
seiner Schüler etc. Berlin, 1852. Verlag von P. Jeanrenaud,
A. Förstner'sche Buchhandlung (jetzt A. Felix in Leipzig)."

Die sogenannte deutsche Heilgymnastik beschäftigt
sich hauptsächlich mit Freiübungen, welche der Kranke
selbst ohne Unterstützung eines Andern ausführt. Die

hierauf bezüglichen Mittheilungen befinden sich in dem kleinen verdienstvollen Werke von Dr. Moritz Schreber: „Aerztliche Zimmergymnastik oder System der ohne Geräth und Beistand überall ausführbaren heilgymnastischen Frei-Uebungen als Mittel der Gesundheit und Lebenstüchtigkeit, entworfen für beide Geschlechter, jedes Alter und alle Gebrauchs-Zwecke. Leipzig, bei Friedrich Fleischer. 1879.

Dieses Werkchen hat in wenigen Jahren bereits sechszehn Auflagen erlebt, — der sprechendste Beweis für seine Brauchbarkeit, — es sollte in keiner Familie fehlen, auf allen Geburtstags- und Weihnachtstischen zu finden sein.

Das sogenannte Streich- und Knetverfahren ist neuerdings von einem Amsterdamer Arzt, Namens Metzger, mit dem französischen Worte Massage betitelt, dem ärztlichen Publikum in schmackhafter Form als etwas Neues geboten worden.

Streng genommen ist diese Idee sehr alt, bildet einen Theil der Heilgymnastik und hat in den Händen alter Frauen, sogen. Streichfrauen, und kluger Schäfer so manchem Kranken von seinem Uebel geholfen, dessen die Aerzte nicht Herr werden konnten. Es besteht in Streichen, Kneten, Klopfen der betreffenden Theile und ist gewissermaßen eine örtliche Gymnastik.

Zur Zimmergymnastik und Frei-Uebungen mittest Apparaten gehören die Hanteln. Die Hantel besteht aus zwei durch einen Griff verbundenen Kugeln, meist aus Gußeisen und mit Leder überzogen. Die Hanteln haben ein Gewicht von 1—5 Kilogrm. und werden paarweise zu Frei-Uebungen mit Belastung der Arme verwendet. Vergl. Eiselen, Hantelübungen, Berlin 1847, und Klofs, Hantelbüchlein für Zimmerturner, vierte Auflage. Leipzig 1872.

Hierzu gehörend, hat C. Klemm neuerdings einen sogenannten Muskelklopfer erfunden, welcher, aus Gummi geformt, die menschliche Hand nachahmt, mittelst welches Instrumentes man im Stande ist, sich selbst den ganzen Körper an allen Stellen zu bearbeiten. Seine Erfahrungen, Nutzen und Gebrauchsanweisung hat er in einer kleinen Broschüre niedergelegt, betitelt: Die Muskelklopfung eine active Zimmergymnastik für Kranke und Gesunde, von C. Klemm, Berlin, Verlag von Theobald Grieben.

Auch dieses sei bestens empfohlen.

In das Bereich der Zimmergymnastik gehört nun auch der „Restaurator", dessen Beschreibung, Nutzen und Anwendungsweise nachfolgend mit Abbildungen, welche den Text veranschaulichen, besonders den Hauptzweck dieser Brochüre bildet.

Gesundheits-Vorschriften.

Man schaffe sich gesundes Blut und lerne richtig athmen.

Die Zufuhr von reiner atmosphärischer Luft macht unser Blut schön roth und gesund. Gute Luft ist dem Körper so nothwendig wie gute Nahrung, das eine darf so wenig fehlen wie das andere, wenn der Mensch gesund sein will. Aus diesem Grunde ist das richtige, tiefe Vollathmen in reiner Luft von höchster Bedeutung für den menschlichen Körper. Mit jedem tiefen Athemzug führen wir der Blutmasse den Sauerstoff, die Lebensluft zu, welche sie begierig aus dem Luftbehälter, der durch die Lungen gebildet wird, in sich aufsaugt, während auf demselben Wege die schlechte, verbrauchte Luft aus der Blutmasse wieder abgegeben wird.

Um diesen Act richtig und genügend zu vollziehen, ist ein richtiges, ruhiges und volles Tiefathmen durchaus nöthig, was die meisten Leute nicht verstehen. Man mache es folgendermaſsen: In leichter, nicht beengender Kleidung stelle man sich im Freien, wo gute Luft weht, hin, indem man die Hände in die Hüften stemmt. Nunmehr athme man mit geschlossenem Munde die Luft ruhig und so tief ein, als man kann. Dabei muſs man die Empfindung haben, dafs sich der ganze Brustkorb gleichmäfsig und nach allen Richtungen hin erweitert, dafs namentlich die oberen Partien der Lunge, welche in der Gegend des Schlüsselbeins liegen, sich ausdehnen. Dies wiederhole man täglich 30—40 Mal und man wird bald die wohlthuende Wirkung spüren. Für gewöhnlich geschieht das Athmen so flach und wenig ausgiebig, dafs nur gerade die Luftmenge zugeführt wird, die noch zur Erhaltung des Lebens genügt, aber ungenügend für die Erhaltung der Gesundheit ist. — Alle Beschäftigungen, welche ein Tiefathmen erfordern, sind daher aufserordentlich gesundheitsdienlich. Dahin gehören aufser körperlichen Bewegungen auch namentlich das Singen, das Deklamiren und das möglichst laute Lesen, — diese Uebung sollten Eltern ihre Kinder täglich machen lassen.

Luft und Nahrung.

Gute Luft *) athmen ist ebenso wichtig wie gut essen und trinken. Der Mensch kann eher auf die Dauer bestehen, wenn er gute Luft und einfache Nahrung hat, als wenn er beim besten Essen dauernd schlechte Luft athmet. Tag und Nacht reine Luft zu athmen, mufs das Bestreben eines jeden Menschen sein. — Schlechte, verdorbene Luft verhält sich zu reiner Gebirgs-, See- oder Waldluft wie schmutzige Wäsche zu frisch gewaschenem

---

*) Wer sich für diese wichtige Sache interessirt, sollte die vorzügliche Arbeit des verdienten Dr. Paul Niemeyer lesen: Athmungs- und Luftheilkunde (Erlangen. Verl. Ferd. Enke). Hier findet er in klassischer und geistreicher Weise alles geschildert, was in dieses Fach hineinschlägt, das schlechte, altherkömmliche einer verwerfenden Kritik unterzogen und originelle, vorzügliche Rathschläge gegeben, wie es besser und richtig gemacht werden mufs.

Linnen, wie trübes Sumpfwasser zu dem klaren Gebirgs-
quell. Wir sehen die schlechte Luft nicht, deshalb fliehen
wir sie weniger, würden dagegen einen Abscheu vor
derselben empfinden, wenn wir uns diesen Unterschied
stets bildlich vor Augen führen. — Die Nahrung, welche
wir zu uns nehmen, wird, durch die Verdauung dazu
vorbereitet, zum Theil in die Blutmasse übergeführt, und
diese ernährt die sämmtlichen Organe des Körpers, die
Muskeln, Knochen, Eingeweide etc. — Man sieht, daſs
das Blut gesund sein muſs, wenn es die Organe gesund
erhalten soll.

Im Allgemeinen essen die Menschen mehr, wie sie
brauchen; sie sollten nur essen, wenn der Hunger sich
meldet, als Zeichen, daſs der Magen Nahrung verlangt.
Hin und wieder eine Mahlzeit überschlagen oder einen
Tag fasten, ist ein vorzügliches Recept für das Gesund-
halten des Körpers und des Magens. Erfahrungsgemäſs
ist die gemischte Nahrung aus Fleisch und Pflanzenkost
dem Menschen am zuträglichsten, einzelne fühlen sich bei
vorwiegender Fleischkost, andere bei reiner Pflanzenkost
am wohlsten, — eine durchgreifende Regel für alle
Menschen läſst sich nicht aufstellen.

Unter den Fleischsorten muss das Schweinefleisch
mit besonderer Vorsicht genossen werden, am besten
gekocht oder gebraten, nie in rohem Zustande wegen der
Trichinenwürmer, welche nur durch die Hitze getödtet
werden. Auch Gemüse, namentlich der Kopfsalat, führen
zuweilen anhaftende Würmer in den menschlichen Körper,
weshalb ein sorgfältiges Waschen vor dem Genusse
dringend erforderlich ist.

Unter den Früchten ist der Apfel die gesundeste
Frucht wegen seines Gehaltes an phosphorsaurem Kalk,
ein für den Körper wichtiger Bestandtheil, auch der

Apfelwein ist ein gesundes Getränk für Erwachsene und für Kinder.

Milch ist die beste und nahrhafteste Flüssigkeit; sie enthält alles, was der Körper zu seiner Erhaltung braucht.

Kaffee, Thee, Bier, Wein, Taback sind Genufsmittel, keine Nahrungsmittel, — sie sind, mässig genossen, den Erwachsenen gestattet, — Kindern schädlich und vollkommen entbehrlich. —

Man vergesse nicht, täglich genügend gutes, frisches Wasser zu trinken, — es ist von Wichtigkeit für die Gesundheit.

Damit alle Speisen gut zerkleinert und in Folge dessen gut verdaut werden, halte man die Zähne in gutem Zustande. Man unterwerfe sich alle 3 Monat einer gründlichen Untersuchung durch einen geschickten Zahnarzt und lasse repariren, was nöthig ist, — ehe es zu spät ist; weggefaulte Zähne kann der Zahnarzt nicht wieder gebrauchsfähig machen, wohl aber kleine Schäden an einem sonst guten Zahn ausbessern und das Weiterfaulen verhüten.

Die Heilgymnastik übt einen besonders günstigen Einfluss auf das Verdauungsgeschäft aus, befördert die dazu nothwendigen Functionen und regulirt ohne alle Arzneimittel den Stuhlgang — von der grössten Wichtigkeit für Menschen, welche eine sitzende Lebensweise führen.

Die Kleidung.

Man kleide sich stets der Witterung angemessen und wie es der Körper verlangt; wie die einzelnen Jahreszeiten nicht in plötzlichen Sprüngen in einander übergehen, so soll man nicht plötzlich die Kleidung wesentlich verändern, sondern bei zunehmender Wärme z. B. die Kleidung leichter wählen. Die sogenannte Abhärtungstheorie, auch bei kaltem, stürmischem Wetter sich nicht anders zu kleiden, wie bei heisser Witterung, und sich jedem Kältegrade auszusetzen in der Meinung, man müsse den Körper zwingen dies zu ertragen, ist nicht naturgemäss und gefährlich für zarte Naturen. Je vollsaftiger und kräftiger der Körper, desto leichter trotzt er den Witterungseinflüssen, je zarter desto weniger, — der zarte, blutarme Körper verlangt Wärme.

Reinlichkeit*).

Der gesunde Mensch soll reinlich sein, der kranke erst recht. Es giebt keinen einzigen Zustand des menschlichen Daseins weder in gesunden noch in kranken Tagen, für welchen Schmutz und Unsauberkeit gut oder vortheilhaft wäre. Zur Reinlichkeit gehört vor allen Dingen ein Verbrauch von Seife, da das Wasser allein nicht die Fähigkeit hat, den Schmutz hinreichend zu entfernen. Warme Wasserbäder, in denen eine Abseifung des ganzen Körpers geschieht, mit nachfolgender kalter Douche entsprechen am besten den allgemeinen Anforderungen an die Sauberkeit und verleihen durch die Abwechselung von Wärme und Kälte dem Körper besondere Spannkraft**). Im Sommer empfehlen sich tägliche Flussbäder und Seebäder vor allen Dingen zur Stärkung des Körpers.

---

*) *Cleanliness is godliness* — Reinlichkeit ist Gottseligkeit.
(Englisches Sprüchwort.)

**) Von Dr. P. Niemeyer als Gesundheitsmittel dringend empfohlen.

Die Begriffe über Reinlichkeit sind sehr mangelhaft im Allgemeinen, man sieht Menschen, welche äusserst sauber gekleidet und gewaschen sind, mit schmutzigen Nägelrändern, mit schmutzigen, vernachlässigten Zähnen umherlaufen, deren Athem so übelriechend ist, dafs man ihre Nähe zu fliehen sucht. Diese Menschen würden entrüstet sein, wenn man sie zu den schmutzigen Geschöpfen rechnen wollte, obwohl sie es verdienen. Ein wirklich sauberer Mensch soll an seinem ganzen Körper sauber sein, wie eine saubere Hausfrau nicht nur das Zimmer in der Mitte säubert, sondern auch in allen Winkeln und Ecken, weil sich dort der Schmutz am leichtesten anhäuft.

Dafs zur Sauberkeit des Körpers auch saubere Wäsche gehört, ist selbstverständlich. — Man beherzige wohl, dafs es keine Krankheit giebt, bei welcher nicht zum Vortheile des Kranken die Wäsche möglichst oft durch reine ersetzt werden dürfte. — Wer noch diesen überwundenen Standpunkt für den richtigen hält, wird viel schaden und nie nützen.

Bei dieser Gelegenheit seien die Gummischwämme bestens empfohlen, welche äusserst reinlich, dauerhaft und zweckentsprechend sind, da sie mit Seife und auch ohne Seife durch starkes, aber nicht unangenehmes Frottiren der Haut dieselbe vorzüglich reinigen und die Blutthätigkeit anregen. — Auch die Zahnbürsten mit Gummiborsten sollten mehr in Gebrauch genommen werden.

———

Lüftung.

Eine gute Luft in den Wohnräumen ist nothwendiges Lebenserfordernifs. Wir können lange Zeit hungern und dürsten, aber nur wenige Minuten der Entziehung der Luft führen sofort den Tod herbei. Ein genugsamer Grund, die Wichtigkeit dieses Lebenserhalters anzuerkennen. Man versteht aber leider selten ordentlich zu lüften, was um so nachtheiliger ist, da unsere Wohnräume in der Regel mit Möbeln überfüllt oder winkelig gebaut sind, wodurch die schlechte Luft beim blofsen Oeffnen eines Fensters doch zum grofsen Theil zurückgehalten wird. — Wir müssen künstlich nachahmen, was uns die Natur im Grofsen zeigt. Anhaltende stille, warme Witterung erzeugt eine dumpfe, schwüle, nicht erfrischende Luft. Kommt eines Tages ein tüchtiger Wind dahergezogen, so fegt derselbe aus und die Luft wird wieder rein und erquickend. Nur die stark ozonhaltige Luft ist die beste Athemluft. Sie findet sich nach stürmischer Witterung und am meisten nach starken Gewittern. —

Wir müssen daher durch starke Zugluft unsere Wohnräume von schlechter Luft befreien, wenn wir wirklich die mit derselben verbundenen Schädlichkeiten entfernen wollen.

Körperliche Bewegung.

Dafs körperliche Bewegung für die Erhaltung, Stärkung und Kräftigung des Körpers von höchster Bedeutung ist, kann nicht oft genug wiederholt werden. Aber diese Bewegung darf nicht einseitig stattfinden, sondern es sollen alle Muskelpartien des Körpers gleichmäfsig geübt und gepflegt werden. Jeder Muskel, der lange in Unthätigkeit verharrt, magert ab und wird schwach und kraftlos *). Deshalb ist die Gymnastik so trefflich, erhält den Körper frisch und kräftig und sogar dauernd schön, weil die Plastik der einzelnen Formen erhalten wird.

Zu den körperlichen Bewegungen und Vergnügungen in freier Luft, welche, abwechselnd genossen, dem Körper aufserordentlich dienlich sind, gehören das Reiten, das Rudern, Schwimmen, Schlittschuhlaufen, Rennübungen und Turnübungen. Niemals soll man bei diesen Uebungen in guter, frischer Luft vergessen, tiefe Athmungen vorzunehmen, will man den rechten Vortheil davon haben. —

Nach dergleichen Uebungen einige Zeit in einer im Garten oder im Walde aufgehängten Hängematte zu ruhen, empfiehlt sich aus mehrfachen Gründen.

Mässigkeit und richtige Lebensweise.

Nichts wird dem Menschen schwerer, als mäfsig zu sein in allen Genüssen. Wir essen und trinken zu viel, schlafen zu viel und verlangen meist zu viel geistige Arbeit. Nur wenn Alles in richtigem Verhältnifs steht, gedeiht der Körper, sonst wird er nach irgend einer Richtung hin Schaden leiden. Die Zunge verlangt mehr wie der Magen und ist den meisten Menschen ein Tyrann, dem sie gerne Folge leisten. Nur das, was der Körper wirklich verarbeitet, bekommt ihm gut, der Ueberschufs ist Ballast, macht das Blut dick und träge, setzt faules Fett an und lähmt die geistige Spannkraft. Abnormer

---

*) Man vergleiche den Arm eines Schmiedes mit dem Arm eines Gelehrten, Stubensitzers, hier Kraft und Fülle, dort Magerkeit und Schwäche.

Genuſs von Bier und Alkohol vergiftet den Körper allmälig und zieht ihm jedesmal eine vorübergehende künst-
liche Krankheit (Katzenjammer) zu, welche oft den Grund
zu allen möglichen dauernden Krankheiten legt. —

Wir sollen unsern Körper sorgsam beachten und ihn
auf alle Fragen selbst die Antwort geben lassen, wenn
wir wissen wollen, wie wir leben müssen. Er giebt uns
auf alle Fragen in Bezug auf die richtige und erforderliche
Lebensweise eine präcise Antwort, er sagt es uns ge-
nauer und verständlicher wie der gescheidteste Arzt.

Die einfachste und wichtigste Regel, gegen die fort
und fort gesündigt wird, lautet:

Alles, was Deinem Körper zusagt und bekommt, ist
ihm gut und nützlich, alles andere, was ihn verstimmt
und krank macht, ist ihm schädlich und nachtheilig.

Statt diese maſsgebenden und untrüglichen Zeichen
zu beobachten und darnach zu leben, werden sie einfach
übersehen, ihre Mahnungen werden unbeachtet gelassen,
bis es oft zu spät ist, den durch lange Jahre genährten
Krankheiten Einhalt zu thun.

Ein Wort über Erkältung.

Hundert Krankheiten haben ihre Ursache in Erkältung. „Erkälte Dich nicht," sagt die Mutter tausendmal
zu ihren Kindern, zu ihrem Gatten und wickelt sie,
wie sie es nicht anders weiſs, in warme Stoffe ein,
und dennoch frieren die blassen Kleinen und der gute
Mann, der sein Lebtag ein Stubenhocker war, erbärm-
lich, — da nützen weder dicke Pariser in der Stube
gegen die Kälte, noch warme Mäntel. — Statt sich an
die Luft zu gewöhnen, entwöhnen sich die meisten
Menschen von derselben, und jeder Luftzug, der ihnen

Leben bringen sollte, erkältet sie, weil ihr Blut langsam fliefst und dünn ist, frieren sie bis zu ihrem seligen Ende. Wer die Gymnastik, die Bewegung nicht vernachlässigt, friert nicht, denn sein Blut kreist schnell durch die Adern und erwärmt alle Theile des Körpers gleichmäfsig. Man versuche es einmal, wenn man friert, statt sich einzuhüllen und Feuer im Ofen zu machen, zehn bis fünfzehn Minuten den Restaurator zu gebrauchen und einige Freiübungen zu machen, bald ist alles Unbehagen geschwunden. Deshalb ist Bewegung das beste Mittel gegen Erkältung, weil ein solcher Körper widerstandsfähiger gegen · Erkältungs-Einflüsse ist und sein mufs.

Der **Restaurator** (elastischer Muskelstärker), dem Amerikaner Goodyear im Jahre 1875 patentirt und von ihm *pocket gymnasium* genannt, besteht aus einem präparirten Gummischlauch von verschiedener Stärke und Länge, je nach der Grösse und Kraft des Betreffenden, welcher ihn gebrauchen soll*). Je stärker der Gummischlauch ist, je mehr Muskelkräfte gehören dazu, um ihn zu dehnen, und umgekehrt. Bei seinem Gebrauch mufs also derjenige, welcher ihn anwendet, eine gewisse Summe von Muskelspannungskraft aufbieten, um den elastischen Widerstand des Schlauches nach Möglichkeit ohne Gewalt zu überwinden. Ist der Widerstand nach Möglichkeit durch die Muskelkraft überwunden und sind die Muskeln stark gespannt, so läfst man nun die Elasticität des Schlauches wirken, welche denselben

---

*) Die Herren Gebrüder S a c h s, Berlin NW., Neustädtische Kirch-Strasse 1, liefern den Restaurator mit Oesen versehen, um ihn an Wandhaken befestigen zu können. Ferner haben sie auch durch eine einfache Construction den Apparat so anfertigen lassen, dafs man an beiden Seiten Handgriffe anbringen kann, um mit oder ohne Handgriffe Uebungen machen zu können.

2*

wieder zusammenzieht, und setzt dieser zusammen-
ziehenden Kraft wiederum soviel Muskelkraft entgegen,
dafs dieselbe nicht ruckweise und plötzlich, sondern ganz
langsam und allmählich erfolgt.

Die Anwendung dieses einfachen Apparates gehört
streng genommen in das Gebiet der schwedischen Heilgymnastik. Es sind die sogenannten duplicirten Bewegungen, bei welchen den Muskelcontractionen des
Uebenden der Widerstand von Seiten des Gymnasten
oder Lehrers entgegengesetzt wird.

Zu diesen Uebungen bedarf man also stets eines
zweiten, der einem dabei hilft, während der Restaurator
uns in die Lage versetzt, einen Theil dieser wichtigen
Bewegungen allein und zu jeder Zeit vornehmen zu
können, im Zimmer sowohl wie im Freien. —

Der Zimmergymnastiker ist somit im Stande, allein
Uebungen vorzunehmen, welche besonders die wichtigen
Muskelparthien des Oberkörpers kräftigen und stärken,
nämlich die Muskeln der Brust, des oberen Rückens, des
Halses, der Schultern, der Arme und Hände; zugleich
dehnen und kräftigen sich die knöchernen Theile des
Brustkastens, wodurch wiederum die Lunge in vermehrte
Thätigkeit und Entfaltung tritt und die Blutcirculation des
ganzen Körpers angeregt wird.

Als zu befolgende Regeln wolle man Folgendes
beachten: Man übe nie kurz nach der Mahlzeit und athme
dabei aus voller Brust möglichst tief. Die Uebungen
sollen langsam und gemäfsigt gemacht, nie bis zur Ueber-
müdung fortgesetzt werden. Für schwache Menschen
sind schwache Nummern des Restaurators zu wählen,
für starke selbstredend die stärkeren.

I. Uebung.

Hände und Arme.

Man ergreife den Apparat, wie nebenstehende *Fig. 1* deutlich zeigt, mit beiden Händen und halte die Arme gestreckt. Nunmehr lasse man die eine Hand in der

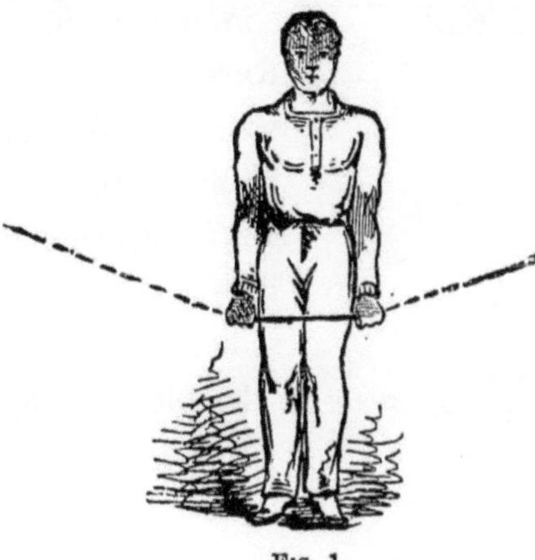

FIG. 1.

gezeichneten Stellung verharren, während man mit der andern Hand unter Aufbietung der Muskelkräfte des Armes den Apparat bis zu dem Endpunkt der punktirten Linie auszudehnen sucht. Alsdann läfst man denselben vermöge seiner elastischen Zusammenziehungskraft wieder in die ursprüngliche Lage zurückkehren, indem man allmälich seine angespannte Muskelkraft erschlaffen lässt und die Hand dem Zuge unter leisem Widerstand folgt. Diese Uebung mache man abwechselnd mit dem linken und dem rechten Arm etwa 3—5 Mal, wobei tief und voll Athem geholt werden soll. Dann wiederhole man die Uebung mit beiden Armen zugleich. Schliefslich mache man dasselbe, indem man aber den Apparat so fafst, dafs die Handflächen nach vorn gekehrt sind, oder wechselnd auf einer Seite der Handrücken, auf der andern Seite die Handfläche nach vorn gewendet ist. — Bei jeder Veränderung der Haltung treten verschiedene Muskelparthien in Thätigkeit, weshalb dieser Wechsel von Wichtigkeit ist und nicht unterschätzt werden darf.

II. Uebung.

Arme und Schultern.

Mit erhobenen Armen, wie die nebenstehende Figur zeigt, ergreife man den Schlauch und dehne ihn erst mit

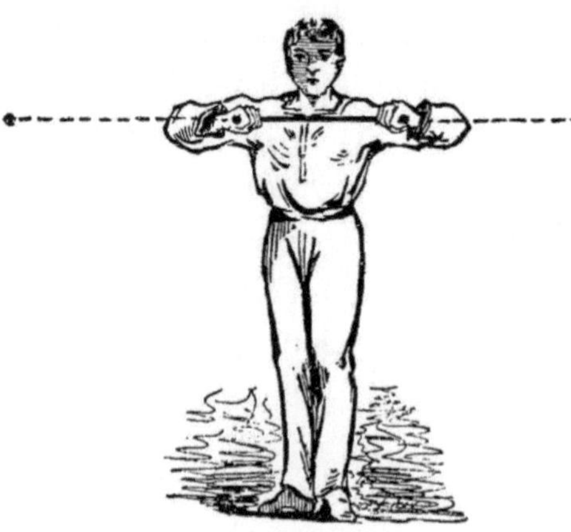

FIG. 2.

der einen, dann mit der andern Hand in wagerechter Richtung möglichst weit aus. Alsdann wechsele man den Griff mit den Händen in eben derselben Weise, wie bei der ersten Uebung. Durch jeden andern Griff werden andere Muskelpartien angespannt und in Thätigkeit versetzt. Im Anschluſs an diese Uebung mache man die folgende, bei welcher, wie die *Figur 3* zeigt, der eine Arm im Ellenbogen - Gelenk gebeugt bleibt, während der andere Arm eine möglichst ausgiebige Dehnung vornimmt, oder indem die Hand des ausgestreckten

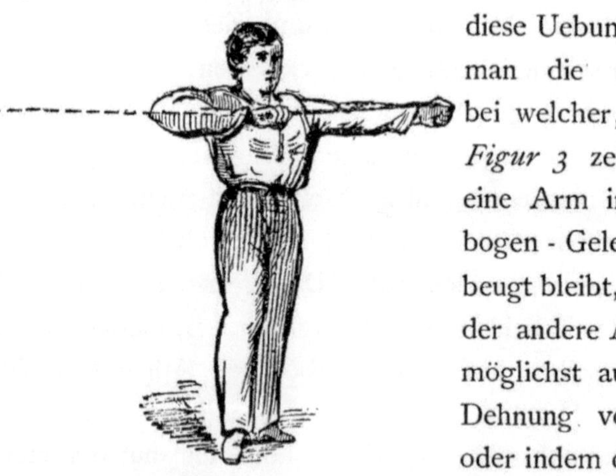

FIG. 3.

Armes den festen Punkt bildet, während der andere Arm die Streckung macht. Auch hier werden wiederum die Griffe gewechselt. Man macht jede Bewegung etwa fünf Mal, bevor man zu einer andern übergeht.

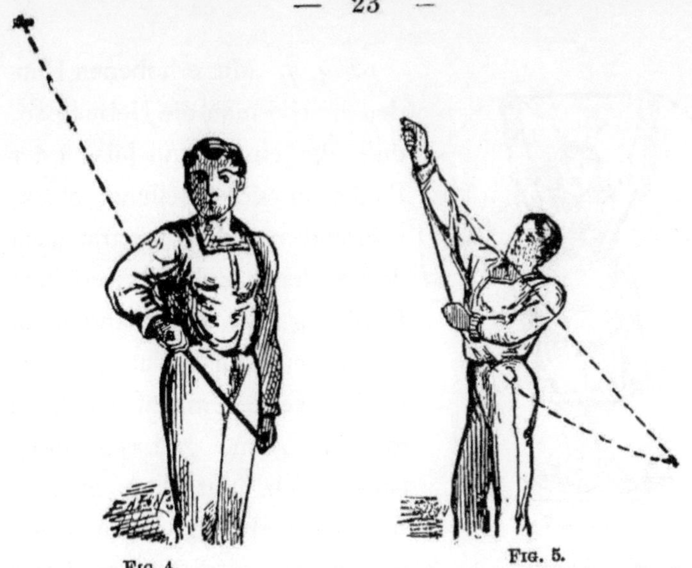

FIG. 4.   FIG. 5.

Bei vorstehender Uebung, *Fig. 4*, bildet bei nach unten gestrecktem Arm die Hand desselben den festen. Punkt, während die Dehnung nach oben ausgeführt wird, wie die Figur es veranschaulicht.

Bei *Fig. 5* wird die obere Hand als fester Punkt betrachtet, während die untere die Dehnung macht. Man wechselt natürlich, indem einmal die rechte, das andere Mal die linke Hand fester Punkt wird. Auch mit den Griffen wird wieder jeder mögliche Wechsel vorgenommen.

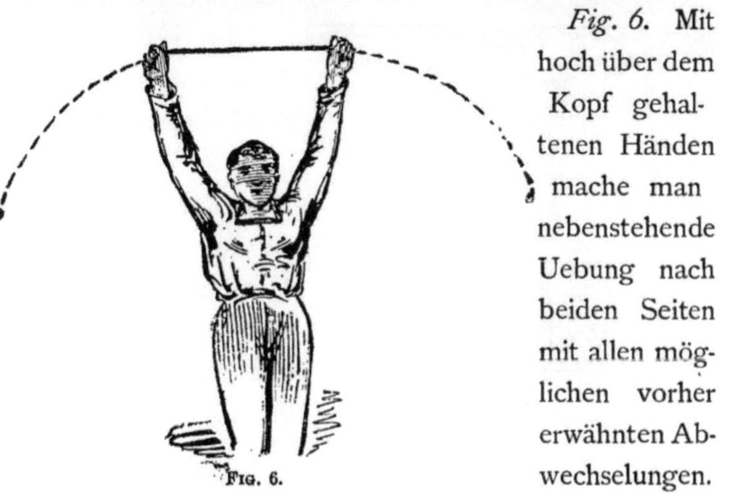

FIG. 6.

Fig. 6. Mit hoch über dem Kopf gehaltenen Händen mache man nebenstehende Uebung nach beiden Seiten mit allen möglichen vorher erwähnten Abwechselungen.

FIG. 7.

Fig. 7. Mit erhobenen Händen mache man die Uebung so, daſs die eine Hand als fester Punkt in der Stellung bleibt, während man den Apparat nach der anderen Seite hinter dem Kopf weg nach auſsen und unten zu dehnen sucht. Hat man dies wechselweise gemacht, so suche man die Arme gestreckt möglichst nach hinten zu bringen und die Dehnung durch beide Arme gleichzeitig zu bewirken. Hauptsache bei dieser Uebung ist, die Arme in möglichst gestreckter Haltung zu lassen.

III. Uebung.

Für die Arme, den Brustkorb, die Lungen.

FIG. 8.

Man bringe den Restaurator hinter den Nacken, wie bei nebenstehender *Fig. 8*, und mache abwechselnd nach beiden Seiten dieselben Uebungen, wie bisher. Hierbei werden besonders die Rücken-Muskeln und hinteren Brust-Muskeln gestärkt und gekräftigt, was von groſser Wichtigkeit ist.

IV. Uebung.

Für Kopf und Nacken.

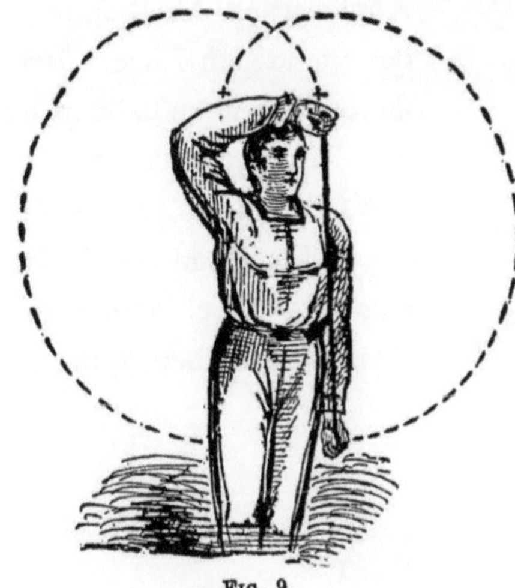

FIG. 9.

Indem man nach nebenstehender *Fig. 9* den Apparat ergreift und ausdehnt, beschreibt man mit der untern Hand die punktirte Linie, wobei natürlich die Stellung des obern Armes sich ändert, so daſs derselbe am Schluss der Bewegung nach unten zu stehen kommt. Auch diese Uebung wird abwechselnd mit möglichst verschiedenen Griffen gemacht.

V. Uebung.

Für den Rücken und das Rückenmark.

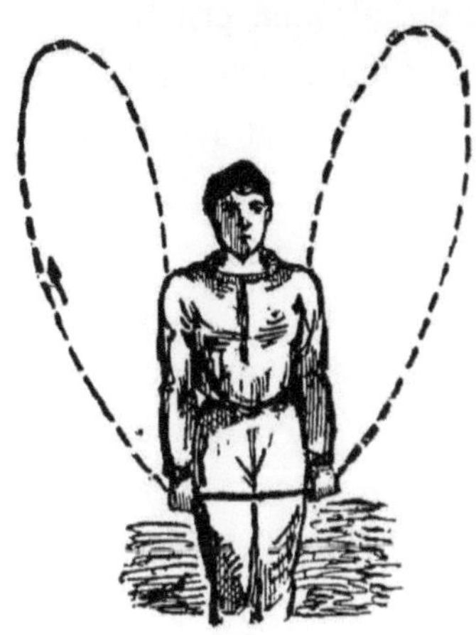

FIG. 10.

Man ergreife den Schlauch, wie *Fig. 10* zeigt, und mache eine starke Dehnung. Alsdann gehe man nach oben so weit wie möglich und hinter den Kopf und Rücken so weit man kann nach unten, wie die punktirten Linien es veranschaulichen.

FIG. 11.

Fig. 11. Man umkreise bei dieser Uebung den Kopf nur in der Richtung der punktirten Linie. Bei diesem Verfahren halte man den Restaurator gestreckt und führe ihn so, dass bald die rechte Hand, bald die linke Hand bei dem Umkreisen nach oben kommt.

VI. Uebung

für Arme, Rücken und Hüften.

FIG. 12.

Man ergreife den Restaurator und beuge den Oberkörper, so dass man mit demselben die Knieen berührt, alsdann erhebe man den Oberkörper langsam, indem man mit ausgestreckten Armen die punktirte Linie beschreibt, so dafs am Schluss der Uebung der Körper völlig aufrecht steht und bei herabgesunkenen Armen der Schlauch an der Rückseite des Körpers zu liegen kommt. Alsdann mache man dieselbe Bewegung nach vorn, so dafs die Ausgangsstellung dieselbe ist, wie sie *Fig. 12* zeigt.

FIG. 13.

Diese Uebung ist aus vorstehender *Figur 13* ersichtlich und mit wechselnden Handgriffen auszuführen. Sowohl diese wie die vorhergehende gehören gut ausgeführt zu den schwierigeren Aufgaben und bedürfen vorzüglich einer längeren Uebung.

J. E. Frobisher, Professor der Beredsamkeit an dem College von New-York, sagt über den Restaurator Folgendes:

Als angestellter Professor bin ich genöthigt, täglich zehn Stunden Stimm- und Rede-Uebungen zu machen, und fühle mich angeregt, auch die Muskeln des übrigen Körpers zu üben, ebensogut wie diejenigen, welche direct mit den Lungen und dem Kehlkopf zusammenhängen, damit sämmtliche Muskeln sich gleichmäfsig entwickeln, ohne dafs die einen das Uebergewicht erhalten.

Ich habe alle anderen Uebungen versucht, aber aufgegeben, seitdem ich den Restaurator kennen gelernt habe und empfehle ihn stets und besonders den Schülern mit enger Brust.

Ich möchte allen öffentlichen Rednern rathen, denselben täglich zur Hand zu nehmen und zu üben, um ihre Brust und Arme zu stärken. Sie werden finden, dafs durch diese Uebung ihr Blut leichter circulirt und dafs in der Folge, was so sehr nöthig ist, Kraft und Selbstvertrauen durch die gleichmäfsige Blutcirculation hervorgerufen wird.

Uebungen mit doppeltem Schlauch.

I. Uebung.

FIG. 14.

Zu diesen Uebungen gehören zwei Personen von möglichst gleichen Kräften und gleicher Gröfse. Bei der ersten Uebung, *Fig. 14*, folgt jede Person der punktirten Linie bis möglichst hoch über den Kopf, wobei der Schlauch dadurch gespannt bleibt, dafs einer Widerstand leistet, während der andere denselben zu überwinden sucht. Die Uebung wird erst rechts, dann links gemacht, und zwar von jeder Person, indem sie sich gegenseitig abwechseln.

II. Uebung.

FIG. 15.

Bei der Uebung, wie sie *Fig. 15* zeigt, erheben beide Personen die rechte, dann die linke Hand mit gespanntem Schlauch. Alsdann erhebt ihn eine derselben über das Haupt und geht in der Richtung der punktirten, kreisförmigen Linie in die erste Stellung zurück, dann macht die andere Person dieselbe Uebung.

Fig. 16.

III. Uebung.

Fig. 16 zeigt die Schläuche in gekreuzter Lage; beide Personen ziehen an den oberen Enden, dann an beiden zugleich, dann wechseln sie die Kreuzung der Schläuche und wiederholen auf alle Arten die angegebenen Manöver.

IV. Uebung.

Fig. 17.

Bei der Uebung, *Fig. 17*, stellen sich Beide Rücken gegen Rücken, wie sie die Ausgangsstellung der Abbildung giebt. Mit gespannten Schläuchen macht eine Person einen starken Zug nach vorn, während die andere Widerstand leistet; dann geht sie mit den Händen nach oben in die Richtung der punktirten Linie, während die zweite Person durch stetigen Zug die Hände und Arme nach vorn beugt.

V. Uebung.

Eine vortreffliche Uebung ist, wenn die eine Person auf eine Bank steigt und die beiden Restauratoren mit hocherhobenen Armen senkrecht herabhängen läfst, während die Andere in der Höhe der Füfse, mit dem Rücken zu ihr gekehrt, die nach unten hängenden Enden der Restauratoren ergreift und dieselben nach unten zieht, während die obere Widerstand leistet. Dann kann die untere Widerstand leisten, während die obere sich bemüht, die möglichste Spannung durch Zug nach aufwärts zu erreichen. Schliefslich wechseln beide Personen die Stellung und führen noch Uebungen nach allen möglichen Richtungen aus.

VI. Uebung.

Bei dieser Uebung stehen beide Personen wieder mit dem Rücken gegeneinander, wie durch *Fig. 18* ersichtlich ist, und zwar sind auch hier die Restauratoren in gekreuzter Lage. Der eine erhebe die rechte Hand, hoch über den Kopf und Rücken, dann der andere. Dann wiederhole man es, indem man gleichzeitig einen Schritt vorwärts tritt. Dann trete man zurück und lasse die Hände über die Schultern gelangen, wie

Fig. 18.

bei der Ausgangsstellung. Dann treten beide Personen einen Schritt vor, indem sie die rechte Hand erheben. Einer ziehe, mit der rechten Hand an der Schulter bleibend, der andere mit der linken Hand abwärts und nach vorn. Dann beide mit der rechten Hand. Nunmehr erheben beide die linke Hand zur Schulter und die rechte Hand bis in die Seite und wiederholen die Uebung. Schliefslich halten beide die Hände an die Schultern und erheben sie so hoch wie möglich, jeder besonders, dann beide zugleich mit angespanntem Schlauch.

***

Uebungen
mit befestigten Restauratoren.

Eine Anzahl sehr wichtiger und vortrefflicher Uebungen läfst sich ferner ausführen mit Hülfe der Schläuche mit Metall-Oesen, mit denen die stärkeren Schläuche versehen sind, welche man beliebig an eiserne Haken befestigen kann, die in hartes Holz eingeschraubt sind. Z. B. man läfst sich im Zimmer oder auf dem Hofe, oder im Garten ein etwa 8 Fufs hohes dickes Brett befestigen, welches man in Zwischenräumen von 1 Fufs mit festen eisernen Haken versieht, damit man die Schläuche in jeder Höhe anhängen kann, dieselben müssen immer paarweise in gleicher Höhe in etwa $1^1/_2$ Fufsbreite Zwischenräumen angebracht werden, weil man diese Uebungen fast ausschliefslich mit doppelten Apparaten ausführt.

I. Uebung.

Fig. 19.

Fig. 19. Man hänge die Schläuche an die obersten Haken und ziehe mit der rechten Hand den Schlauch bis zu dem +, dann mit der linken und dann mit beiden zugleich. Alsdann stelle man sich so weit wie möglich ab und wiederhole die Uebung bei starker Dehnung. Bückt man sich und bringt den Kopf unter den rechten, dann unter den linken Restaurator und macht die vorigen Uebungen, so ergeben sich daraus verschiedene wichtige Bewegungen.

II. Uebung.

Fig. 20.

Fig. 20. Man stelle sich mit dem Rücken gegen die Haken, führe erst die rechte, dann die linke Hand bis zum +, dann beide zugleich. Dann wechsele man die Griffe und wiederhole es, und mache dieselben Bewegungen hinter dem Körper. Nun erhebe man die Hände hoch über das Haupt und möglichst abstehend von der Wand, die beiden Schläuche in voller Ausdehnung, lasse man die Hände sinken, indem man sich vorwärts bewegt, so dafs die Arme nach hinterwärts gezogen werden, während der Körper nach vorwärts sich neigt.

III. Uebung.

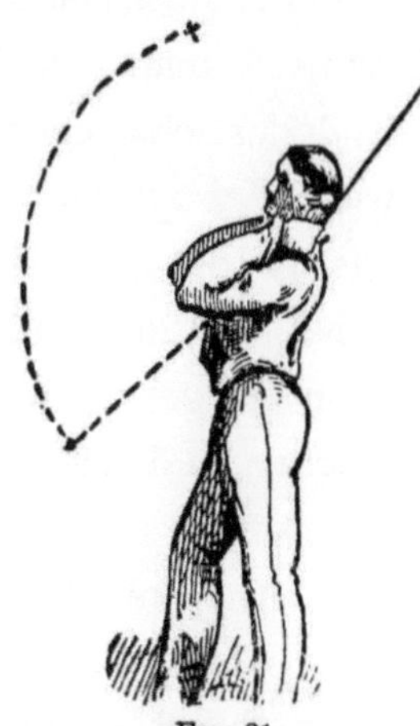

FIG. 21.

Fig. 21. Die Stellung ist dieselbe, nur daſs man die Hände auf den Schultern ruhen läſst. Dann geht man herunter bis zu dem + und besehreibt die punktirte Linie bis zum zweiten + und kehrt auf demselben Wege zurück, erst die Curve und dann die gerade Linie passirend. Auch diese Uebung macht man erst mit einer, dann mit der andern Hand, dann mit beiden.

FIG. 22.

IV. Uebung.

Fig. 22. Die Stellung ist dieselbe; man gehe erst nach unten, kehre zurück und dann nach oben, wie aus den punktirten Linien nebenstehender Figur ersichtlich. — Auch diese Uebung ist abwechselnd zu machen.

V. Uebung.

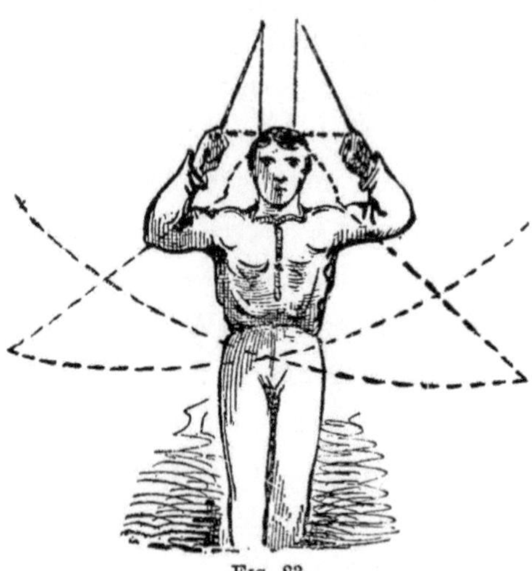

FIG. 23.

Mit der einen Hand erfasse man das Ende des Schläuches wie *Fig. 23* zeigt, passire die gerade punktirte Linie und dann die gebogene, indem man den Körper kreuzt und so weit wie möglich nach der andern Seite herübergeht. Nachdem man die Uebung abwechselnd gemacht hat, mache man sie zugleich mit beiden Armen.

VI. Uebung.

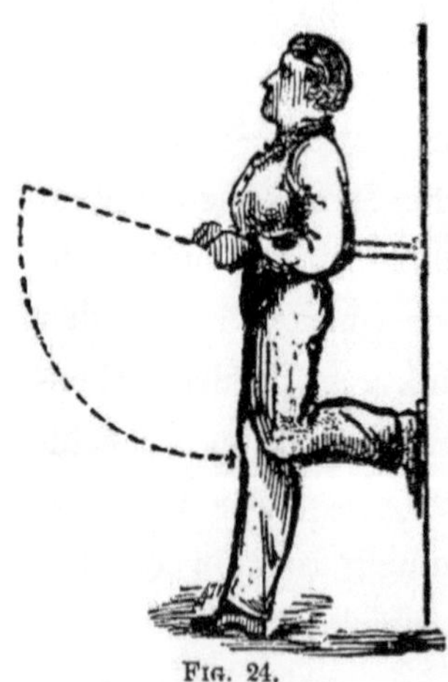

FIG. 24.

Man befestige den DoppelApparat an den Haken, welche etwa in der Höhe der Hüften des Uebenden eingeschraubt sind, und beschreibe nun die in *Fig. 24* punktirte Linie, abwechselnd mit beiden Armen, und dann zugleich mit beiden Armen. Dann stelle man sich näher heran und beuge den Oberkörper möglichst tief vornüber und nehme in dieser Stellung die Dehnungen vor, wie in der aufrechten Stellung. Alsdann erhebe man die Arme über den Kopf und wiederhole die Bewegungen. Dann stelle man sich auf die Fußspitzen, wiederhole die Uebungen und beschreibe eine Kreislinie vor und hinter dem Körper. Stemmt man, wie in *Fig. 24,* einen Fuß gegen die Wand, so giebt man den Bewegungen mehr Kraft.

Fig. 25.

VII. Uebung.

Fig. 25. Man befestige die Schläuche an den unteren Haken und mache auf dieselbe Weise Uebungen nach allen Richtungen und Arten, wie sie diese Einrichtung gestattet.

Fig. 26.

VIII. Uebung.

Fig. 26. Man nehme die Schläuche über die Schultern und beschreibe die gerade punktirte Linie bis zu dem + und gehe in die Ausgangs-Stellung zurück, indem man der krummen punktirten Linie folgt.

IX. Uebung.

FIG. 27.

Fig. 27. Man kreuzt die Arme über die Brust und erfaſst die über die Schultern gelegten Schläuche. Alsdann beschreibt man erst mit der einen, dann mit der andern Hand die kreisförmig punktirten Linien und geht auf demselben Wege in die Ausgangsstellung zurück.

X. Uebung.

FIG. 28.

Man befestige die Schläuche an den unteren Haken und mache die Dehnung über die Schultern in der durch *Fig. 28* veranschaulichten Weise, und zwar kann man diese Uebung wiederum so machen, daſs man sowohl mit dem Rücken, wie mit dem Gesicht nach der Seite steht, wo die Haken befestigt sind.

XI. Uebung.

Fig. 29.

Wie *Fig. 29* veranschaulicht, befestigt man den einen Schlauch am höchsten; den andern am niedrigsten Haken und macht abwechselnd Uebungen in der durch Punkte angegebenen Direction.

XII. Uebung.

Fig. 30.

Fig. 30. Man befestige einen Schlauch möglichst hoch, den andern in der Mitte, alsdann beschreibe man die kreisförmigen punktirten Linien und kehre auf demselben Wege zur AusgangsStellung zurück.

Der Ruder-Apparat.

Mittelst zweier Schläuche, welche durch Oesen an einem Brettchen angehakt werden, ist man im Stande, die Bewegung des Ruderns im Zimmer jederzeit nachahmen zu können. Bekannt ist, daſs diese Uebung dem Körper auſserordentlich dienlich und heilsam ist, weil bei derselben eine groſse Anzahl von Muskeln und Knochentheilen des gesammten Organismus in Function treten, auch die innern Organe, wie Magen, Leber, Därme, eine gleichmäſsig sanfte Anregung erhalten. Die zahlreichen Ruder-Clubs, die jetzt dem Vorbilde der Engländer gemäſs auch in Deutschland entstehen, bieten daher den Theilnehmern auſser gesunder, frischer Luft auf dem Wasser eine vortreffliche und interessante Gymnastik, weshalb diese Art von Sport nicht genugsam empfohlen werden kann, da nicht nur dem Vergnügen, sondern auch der Gesundheit Rechnung getragen wird. — Nicht einem Jeden ist es vergönnt, in natura dieser gesunden Beschäftigung obzuliegen, — Mangel an Zeit, an Gelegenheit, Furcht vor dem Wasser etc. sind genug Gründe, die es verbieten, und doch läſst sich diese complicirte Bewegung durch andere nicht ersetzen.

Wer nun eine kleine Ausgabe nicht scheut, ist im Stande, im Zimmer, im Garten, jederzeit ohne Wasser und Gefahr mittelst des einfachen Ruder-Apparates diese Bewegung zu üben.

Gemeinschaftlich mit den Herren Gebrüder Sachs hat der Verfasser eine einfache Vorrichtung ersonnen, welche aus beigefügter Abbildung leicht verständlich ist.

Der Apparat besteht aus einem Brettchen, an welchem zwei Schläuche mit Handgriffen befestigt sind. Seine Anwendung ist folgende:

Man setze sich auf eine Fußbank oder einen Schemmel, der nicht höher wie $^1/_4$ Meter ist, stemme die Füße gegen das Brettchen und erfasse die Handgriffe, so daß sie leicht die Schläuche spannen. Letztere müssen den Kräften und der Größe des Körpers angemessen sein und dürfen höchstens bis an das Knie des

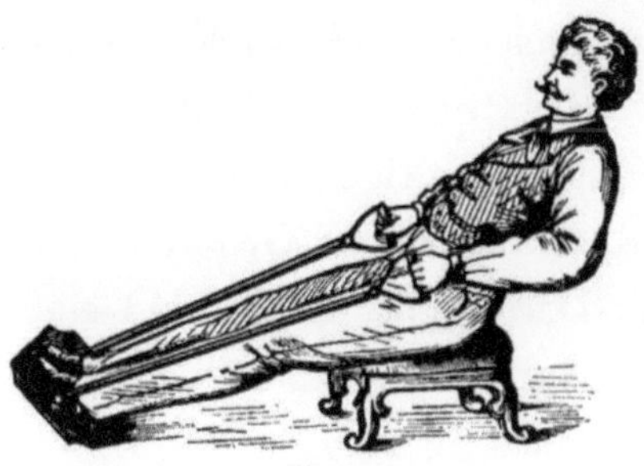

FIG. 31.

Uebenden reichen, sobald er sie mit den Händen ergreift. Nunmehr beugt der Uebende den Oberkörper, wie beim Rudern, nach vorn und legt ihn darauf so weit wie möglich nach hinten zurück, indem er die Schläuche durch gleichmäßigen Zug stark ausdehnt und die Ellenbogen nach hinten und außen bringt. Indem er den Oberkörper dann wieder langsam nach vorn zurückführt, folgt er mit den Armen dem elastischen Zuge der Schläuche und geht in die erste Position zurück. Diese Uebung wird 5, 10 bis 15 Minuten fortgesetzt und ahmt ziemlich correct die Ruder-Bewegung nach. Dabei athme man jedesmal beim Anziehen voll und suche die Brust recht herauszubringen.

Ohne Arzt und Anatom zu sein, ist leicht ersichtlich, wie viele Parthien des Körpers bei dieser Bewegung thätig sein müssen.

Die Musculatur und Knochen der Beine und Füße haben die Aufgabe, den Widerstand zu bilden, indem sie das Brett fixiren müssen. Die Muskeln der oberen Extremitäten werden sammt und sonders in active und sogenannte activ-duplicirte (d. h. sie sind thätig und müssen einen Widerstand überwinden) Thätigkeit versetzt. Die Muskeln des Brustkorbes, des Nackens arbeiten ebenso, wie diejenigen der Bauchwand. Der knöcherne Theil des Brustkorbs dehnt sich, die Rippen heben und senken sich ausgiebig, die kleinen Rippengelenke und Bänder werden frei und beweglich. Außerdem bewegt sich die ganze Wirbelsäule in allen einzelnen Wirbelgelenken und läßt das Blut zu und von dem Rückenmark und Gehirn leichter fließen. — Der Magen, die Därme, die Leber sind einer sanften gleichmäßigen Bewegung ausgesetzt und das Herz arbeitet kräftiger ohne Uebermaß an Arbeit.

Für Hämorrhoidarier, für Brustleidende mit sogenannter enger Brust (Hühnerbrust), beginnende Asthmatiker (wegen Unbeweglichkeit der Rippen), für solche, die an dauernder Verstopfung, Magen-, Darmkatarrh und Blutanschoppung in der Leber leiden, ist diese Uebung von unersetzlichem Werth und besser und billiger wie sämmtliche Schätze der Apotheke.

Man kann nun mittelst des Apparates einige andere Uebungen vornehmen, indem man z. B. die Schläuche in der Ruderstellung über den Knieen kreuzt und dann die Bewegung macht, indem dieselben in der angedeuteten Richtung kräftig angezogen werden. Ferner kreuze man die Arme, wie man auch beim natürlichen Rudern arbeiten kann.

Stellt man sich auf das Brettchen und ergreift mit herunterhängenden Händen die Griffe, so ergiebt sich durch kräftiges Hochziehen eine neue Uebung. Dann trete man nur mit einem Fuſs auf das Brett, während man den andern einen Schritt vorwärts oder rückwärts setzt, auch hieraus ergiebt sich wiederum eine ganze Anzahl zweckmäſsiger Bewegungen.

Besonders auf die Entwickelung des kindlichen Organismus hat die Ruder-Bewegung einen besonders günstigen Einfluſs. Ich erinnere mich aus meiner Praxis eines reichen Mannes, welcher ein schwächliches, zartes Töchterchen von 10 Jahren hatte, die als einziges Kind sein liebstes auf der Welt war. Die Mutter war nach dem Wochenbett an einem akuten Brustleiden gestorben, und die blasse, feine Haut, die zarte Figur, der eng gebaute Brustkasten der Kleinen lieſs den Arzt nichts Gutes hoffen.

Der Mann entschloſs sich kurz auf meinen Rath, Berlin zu verlassen und sich in der Nähe Berlins in einer wasserreichen Gegend Haus und Garten zu kaufen, wohin er mit seinem Töchterchen übersiedelte, und wo er seinem Hange, zu rudern und zu segeln, nachgehen konnte. Die Kleine fand bald Gefallen an den Wasser-Partien und der Vater lieſs ihr ein kleines, leichtes, aber sicheres Ruder-Boot anfertigen, welches sie nunmehr täglich benutzte und bald eine vorzügliche Fertigkeit und Gewandtheit im Rudern entwickelte. — Wie staunte ich, als ich das Kind, welches im Frühling Berlin verlassen, im Herbste bei einem dortigen Besuche wiedersah. Die schwachen Aermchen hatten Muskulatur bekommen, die Brust hatte sich herausgebilder, statt bleicher, zarter Wachsfarbe hatte sie eine dunkel-gebräunte, gesunde Hautfarbe und die früher matten Augen blickten hell und freudig in die frische Herbstluft hinaus. Der Vater, der so viel berühmte Aerzte consultirt, so viele Medikamente ohne Erfolg gebraucht, schüttelte mir bei meinem freudigen Erstaunen dankbar die Hände, daſs ich ihm den richtigen Weg gewiesen hatte.

Dieses kleine Erlebnifs trug dazu bei, einen Apparat zu ersinnen, welcher die wohlthätige Bewegung des Ruderns nachahmt resp. ersetzt, da nicht ein Jeder in der Lage ist, das zu thun, was der reiche Kaufmann thun konnte. Wohl aber ist Jeder im Stande, für sich oder sein Kind ein paar Mark auszugeben, wenn es sich um seine oder der Seinen Gesundheit und Gedeihen handelt, sie tragen reichliche Zinsen.

Schlusswort.

Ueberblicken wir noch einmal die Vortheile, welche dieser einfache Apparat für die Gesundheit und das Gedeihen des Körpers bietet, so müssen wir zu der Ueberzeugung gelangen, daſs er bei regelmäſsiger Anwendung ein auſserordentlich nützliches, billiges und leicht anwendbares Mittel ist, uns die Zimmergymnastik zu erleichtern und auch interessant zu machen, da er eine groſse Anzahl der verschiedensten Uebungen gestattet, welche, jede für sich richtig ausgeführt, ihre besonderen Vortheile für die Entwickelung und Erhaltung des Körpers erzielen und zu einem sichern und guten Resultate führen müssen. — Dauernde Bewegung, richtig vertheilt und mäſsig genossen, bringt Leben, Gesundheit und Frische, kräftigt die Jungen, erhält die Alten. Dauernde Unthätigkeit rächt sich unfehlbar durch Verkümmerung und Schwachwerden der ruhenden Theile. Unser Muskelsystem nimmt am Körper den gröſsten Raum ein, ist in Bezug auf Rauminhalt das groſsartigste Organ desselben und seine Pflege ist maſsgebend und von dem wesentlichsten Einfluſs für die Gesundheit. Uebermaſs in seiner Thätigkeit ist ebenso schädlich, wie dauernde Ruhe, das richtige Maſs nach beiden Seiten ist, wie überall, die „goldene Mitte“.

Unsere Kinder sitzen Jahr aus, Jahr ein auf der Schulbank, unsere Beamten, unsere Gebildeten verbringen den gröfsten Theil ihres wachen Zustandes in sitzender Stellung.

Mufs diese dauernde körperlich unthätige Lebensweise nicht unwiderruflich schlechte Folgen haben?

Wer wollte das bestreiten! Deshalb folgen wir den praktischen Engländern und Amerikanern, pflegen wir unser Muskelsystem durch regelmäfsige Bewegung, wozu uns der „Restaurator" ein so gutes Mittel an die Hand giebt. Der Büreau-Beamte, der Gelehrte, der Künstler, der Kaufmann, der Schüler und Student — er stehe einmal auf von seinen Büchern, lege einmal die Feder, den Pinsel aus der Hand, ergreife den Restaurator und mache eine Anzahl Uebungen. Dann fliefst das Blut wieder frischer, die Gehirngefäfse werden wieder frei von Blutandrang, Wärme durchströmt den Körper, die kalten Füfse und Hände werden wieder warm, und behaglich setzt er sich von Neuem an die Arbeit, sie geht jetzt besser und leichter von Statten. — Hat nicht jeder Mensch täglich ein halbes Stündchen oder öfter einmal zehn Minuten des Tages Zeit, seine Muskeln zu dehnen, zu recken, zu kräftigen und zu stärken? — Ja auch der Professionist bedarf einer solchen Auffrischung, wie wohl wird es dem Schuhmacher, dem Schneider, dem Schlosser, dem Tischler etc. thun, wenn er aus seiner gebückten und zusammengedrückten Körperstellung sich herausreifst und schnell einige Minuten zum Restaurator greift, — thut er doch seinem Körper eine Wohlthat an, statt dafs er zur Erholung seinen Magen mit einem Glase Bier, einem Schnaps oder seiner Nase durch eine Prise Tabak einen Gefallen erweist, der nicht mit Gutem vergolten wird: *»Stärkt die Lungen, nicht den Magen! Pflegt die Muskeln, nicht den Gaumen!«* sollte man in jede Werkstätte, in jeden Fabrikensaal täglich hineinrufen, vielleicht hörten und thäten es doch einige verständige Menschen, sie würden gesund bleiben und gesunde Kinder erziehen. Die blassen, elenden Gestalten des Professionisten- und Fabrikarbeiter-Standes würden geringer an Zahl werden; Menschen mit nachlässiger Haltung würden bald eine normale und gesunde Körperhaltung sich aneignen, die schlaffen Muskeln würden wieder Kraft und Elasticität bekommen, — sie sind so dankbar für eine gute Pflege, wie die Pflanzen, die gepflegt werden, im Gegensatz zu denen, welche man vernachlässigt.

Lahme Schultern, krumme Wirbelsäulen, schwache Brust sind Folgen, welche sich herausbilden, wenn die Muskulatur dieser Theile erschlafft und verkümmert. Wie im Leben ein Fehler den andern unwiderruflich nach sich zieht und der einmal falsch eingeschlagene Weg vom richtigen Ziel ablenkt, so ziehen diese anfänglich wenig in die Wahrnehmung fallende Zustände nachtheilige Folgen nach sich. Die schwachen Brustmuskeln erweitern nicht genügend und nur mangelhaft den Brustkorb. Die Lungen nehmen nicht genug Luft auf, es wird der Keim zu Brust-krankheiten genährt und begünstigt, der ganze Körper leidet unter diesem fehlerhaften Verhalten.

Gerade diese wichtigen Theile des Oberkörpers, die Muskeln der Schulter, der Arme und besonders des Brust-korbes und des Rückens lassen sich nun durch den Ge-brauch des Restaurators pflegen und stärken. Das zarteste Kind, die schwächste Dame und der kräftigste Mann können ihn anwenden, da er in allen Stärken und für jeden Menschen passend gemacht werden kann. Für die Pflege der Muskeln des Unterkörpers ist besonders zu empfehlen der Ruder-Apparat und die vortrefflichen Uebungen, wie sie Dr. Schreber in seiner ärztlichen Zimmergymnastik schildert. —

Nicht anzuwenden ist der Restaurator bei entzündlichen Affectionen und fieberhaften Krankheiten, sowie unmittelbar nach der Mahlzeit. Das alte Wort:

> „Nach dem Essen sollst Du steh'n
> Oder tausend Schritte geh'n"

hat die Forschung der Neuzeit als falsch erwiesen. Der berühmte Anatom Hyrtel in Wien fütterte zwei gleiche Hunde gleichmäfsig und tödtete sie nach einiger Zeit beide. Die Untersuchung ergab, dafs der Hund, welcher geruht hatte, in seiner Verdauung vorgeschritten, während der andere, den man nach dem Füttern hatte laufen lassen, weniger gut verdaut hatte. —

Deshalb ruhe man ein halbes Stündchen nach dem Essen und gebrauche den Restaurator vor den Mahlzeiten. Wer ihn nicht im Spinde liegen läfst, sondern ihn täglich gebraucht, dem wird er bald ein guter Freund werden und bleiben.

Folgende kurze Rathschläge

mögen die Wichtigkeit der Zahnpflege vor Augen führen.

Es kommt lediglich auf **rechtzeitige Pflege der Zähne** an, durch diese allein kann in der That dem Zahnverderbniss sehr wesentlich vorgebeugt und dadurch die Erhaltung der Zähne selbst möglichst gesichert werden.

Auch bei Kindern ist eine regelmäfsige Reinigung der Zähne nothwendig, besonders um die Milchzähne bis zum normalen Termine ihres Ausfallens, dem Zahnwechsel, gesund zu erhalten. Als empfehlenswerth hat sich bei kleinen Kindern die Morgens und Abends vorzunehmende Säuberung der Mundhöhle mittelst eines mit lauwarmem Wasser angefeuchteten zarten Schwämmchens erwiesen. Selbstverständlich mufs dieses Schwämmchen vor jedesmaligem Gebrauche ordentlich gereinigt und in frischem Wasser ausgewaschen werden.

Wenn Milchzähne erkranken, lasse man dieselben nicht ohne Weiteres beseitigen, sondern in jedem einzelnen Falle ziehe man den Zahnarzt zu Rathe und überlasse diesem das Weitere, denn nur er ist im Stande, zu beurtheilen, ob die Entfernung des kranken Zahnes erfolgen, oder ob derselbe bis zum Vorkommen seines Nachfolgers erhalten werden mufs.

Die permanenten Zähne, von denen zuerst die vier ersten grofsen Backzähne gewöhnlich im sechsten Lebensjahre zum Vorschein kommen (oben und unten, rechts und links je einer seitwärts von den Milchzähnen); erhalten nur allmälig ihre normale aufserordentliche Härte; aus diesem Grunde mufs bis zum fünfzehnten Lebensjahre darauf Bedacht genommen werden, dafs nur sehr weiche Bürsten und sehr zartes, wenig die Glasur der Zähne angreifendes Zahnpulver gebraucht wird, wobei alle Salicil-Präparate durchaus zu vermeiden sind.

Zur Zahnpflege gehört indefs aufser der regelrechten Reinhaltung die Beobachtung einiger Schutzmafsregeln, durch welche die Zähne vor Schaden bewahrt werden. Hierbei ist zu berücksichtigen:

1. **Mechanische Einwirkungen,** z. B. Zerbeifsen sehr harter Gegenstände, Abbeifsen von Fäden, Aufknacken von Nüssen, Benutzung metallner Zahnstocher und dergleichen soll man den Zähnen niemals zumuthen, weil ebensowohl dadurch der Schmelz der Zähne beschädigt und damit der Caries Thür und Thor geöffnet werden kann, als auch weil durch die Erschütterung oftmals eine folgenschwere Entzündung der Zahnnerven oder der Zahnwurzelhaut veranlafst wird.

2. **Genuss sehr warmer oder sehr kalter Getränke und Speisen,** welcher ebenfalls leicht zu Entzündungen Veranlassung giebt, sollte möglichst vermieden werden.

3. **Erhaltung der allgemeinen Gesundheit ist dringend erforderlich.** Insbesondere sollte jeder, der seine Zähne werth schätzt, für rasche Beseitigung jeder Verdauungsstörung sorgen, damit der Säurebildung Einhalt geboten wird. Sobald der Mundspeichel bereits durch eine Störung des Verdauungsapparates alterirt ist, mufs die vorhandene Säure durch alkalische Mittel beseitigt, resp. neutralisirt werden.

Das einzig wirklich erfolgreiche operative Verfahren, um hohle und angestockte Zähne zu erhalten und wieder brauchbar zu machen, ist das Ausfüllen oder Plombiren, hierbei mufs die kranke Zahnsubstanz vorab entfernt und dann dieser Substanzverlust durch eine Masse ersetzt werden, die luft- und wasserdichten Verschlufs erzielt und dem Einflufs der Mundflüssigkeiten und äufseren schädlichen Einwirkungen Widerstand leistet. Man darf behaupten, dafs ein zur rechten Zeit gut plombirter Zahn einem völlig gesunden Zahn fast gleich zu achten ist und gleichen Nutzen gewährt. Von all' den Zähnen, welche meist ohne Weiteres beim Eintritt von Zahnschmerzen ausgezogen werden, kann nach meiner Ueberzeugung der bei weitem grösste Theil nach vorheriger Beseitigung der Schmerzen durch eine solide Füllung dauernd erhalten werden.

Dr. von Guérard, Hofrath und Grossh. Hof-Zahnarzt.

Berlin C., Neue Promenade 6. I.

Zu consultiren zur Beseitigung von Zahn- und Mundkrankheiten, Plombiren, Anfertigung künstlicher Gebisse, schmerzlosen Zahn-Operationen etc. täglich von Morg. 9 Uhr bis Nachm. 5 Uhr.